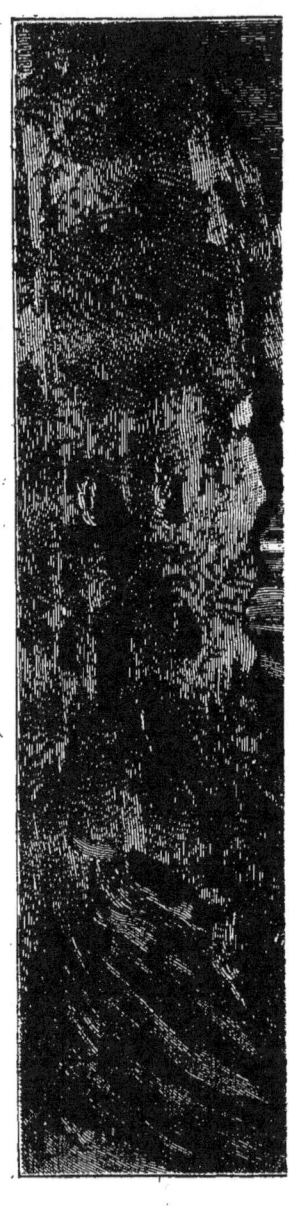

Jules ROUFF et Cⁱᵉ, éditeurs, 14, Cloître Saint-Honoré, PARIS

1ʳᵉ Livraison Gratuite.
1ʳᵉ Livraison Gratuite.

L'ORCO

OPÉRA FANTASTIQUE EN DEUX ACTES ET TROIS TABLEAUX

TIRÉ DE LA NOUVELLE DE GEORGES SAND

PAROLES DE L. HYMANS

MUSIQUE

DE O. STOUMON

REPRÉSENTÉ

Pour la première fois sur le Théâtre Royal de la Monnaie

sous la direction de **M. TH. LETELLIER**

(JANVIER 1864)

BRUXELLES,

OFFICE DE PUBLICITÉ, **39**, MONTAGNE DE LA COUR

—

1864

Brux. — Imp. de N.-A. LEBÈGUE et Cie, rue Terarken, 6.

L'ORCO.

ACTE PREMIER.

—

LA GONDOLE.

La place de SS.-Jean et Paul à Venise. Au fond un canal. A droite
l'église. Au milieu la statue équestre de Colleoni.

———

SCÈNE PREMIÈRE.

PEUPLE. BEPPO.

Au lever du rideau, gens du peuple épars sur la place. Ils sont munis
de grandes cruches et de verres.

CHŒUR.

Buvons aux jours prospères,
Aux jours libérateurs,
Et cherchons dans nos verres,
L'oubli de nos douleurs.
Buvons à la victoire,
A l'antique fierté,
Qui nous rendra la gloire
Avec la liberté.

BEPPO.

Plus bas, mes bons amis, l'étranger nous surveille,
Il règne dans Venise et guette vos chansons.

1

UN HOMME DU PEUPLE.

Qu'il vienne.

UN AUTRE.

Inspire-nous, jus divin de la treille.

BEPPO.

Imprudent!

LE PREMIER.

Sermoneur!

UN AUTRE.

On rit de tes leçons.

BEPPO.

Vous bravez l'ennemi.

LE PREMIER.

Je vide ma bouteille,
L'espoir et le plaisir sont de gais échansons.

CHOEUR.

Buvons aux jours prospères,
Aux jours libérateurs, etc.

(On entend un roulement de tambours.)

LE CHOEUR.

Fuyons, ce sont les tambours,
Des Croates, des Pandours!
Pauvre Italie!
Race avilie!
Vils serviteurs!
Place aux vainqueurs!

(Ils fuient à droite et à gauche.)

BEPPO.

Halte-là, faquins, vous voilà bien avec vos bravades. Vous

défiez l'ennemi quand il est loin ; vous chantez à tue-tête. — Un roulement de caisse au détour de la rue et crac! Vous fuyez! O Venise! — Tremblez, mais ne le montrez pas, et songez que du haut de ce piédestal le grand Colleoni vous contemple.

SCÈNE II.

LES MÊMES, **FRANTZ**, COSIMO *et un piquet de soldats autrichiens.*

(La foule se groupe au fond du théâtre. Frantz et Cosimo viennent sur le devant de la scène.)

FRANTZ.

Ça, monsieur, voyons. Me direz-vous ce que nous avons à faire céans, pourquoi vous êtes venu me chercher en si grande hâte au café Quadri, où nos amis nous contaient les intrigues qu'ils méditent pour le fameux bal que le gouverneur doit donner demain au palais Servilio?

COSIMO.

Vous allez le savoir, monsieur ; lisez :

FRANTZ (*lisant*).

Ordre du sérénissime gouverneur de Venise de quérir le capitaine Frantz de Lichtenstein et de lui enjoindre d'arrêter cette nuit même devant l'église des SS.-Jean et Paul ou dans tout autre lieu... le... Que vois-je? L'Orco !

COSIMO.

Signé...

FRANTZ.

Comte de Schwarzbach.

COSIMO.

Je suis son secrétaire...

FRANTZ (*saluant*).

Et moi son serviteur... Mais...

COSIMO.

Mais quoi?

FRANTZ.

Arrêter l'Orco, c'est de la folie. Autant me demander d'arrêter le diable.

COSIMO.

Per Baccho! Ce n'est pas pour mettre en fuite les pigeons de Saint-Marc qu'on vous a choisi, capitaine Frantz, vous, le plus brave et le plus hardi des officiers de la garnison.

FRANTZ.

D'aussi braves que moi ont succombé dans cette entreprise.

COSIMO.

C'étaient des bras forts, mais des esprits faibles. Ils croyaient aux fantômes.

FRANTZ.

Comment ne pas croire à tout ce qui est mystère, dans cette vieille cité peuplée de rêves et de légendes?

COSIMO.

Et de tromperies! Croyez-moi, capitaine, le diable qu'on vous prie d'appréhender au corps n'est pas aussi noir qu'il en a l'air. Ce démon est une femme.

FRANTZ.

Mais cette femme met tous nos limiers sur les dents. Tous

les soirs on la rencontre dans les rues. La nuit, sa gondole parcourt les canaux de Venise. Nul ne sait d'où elle vient ni où elle va. Chacun la connaît, et le peuple la nomme la gondole du masque.

COSIMO.

Vous l'arrêterez pourtant.

FRANTZ.

Ceux qui l'ont tenté n'ont jamais reparu.

COSIMO.

Vous les retrouverez.

FRANTZ.

Un soir, deux officiers de mon régiment, voyant la gondole amarrée au quai des Esclavons, y descendirent et s'y cachèrent. Ils y restèrent toute la nuit sans voir ni entendre personne. Une heure avant le jour ils crurent s'apercevoir que quelqu'un détachait la barque. Ils se levèrent en silence et s'apprêtèrent à sauter sur leur proie. Au même instant un terrible coup de pied fit chavirer la gondole et mes camarades. L'un d'eux se noya; l'autre fut sauvé par miracle.

COSIMO.

Et la gondole?

FRANTZ.

On la crut noyée aussi, mais le soir elle reparut de plus belle.

COSIMO.

Qui vous dit que c'était la même? Toutes les gondoles se ressemblent.

FRANTZ.

Voyons, ne raillons pas. Je ne connais ni l'Orco, ni le diable, mais arrêter une femme inoffensive!

1.

COSIMO.

Qui noie des officiers !...

FRANTZ.

Et qui vous dit que je la trouverai sur cette place.

COSIMO.

Nous allons voir. Hé, l'ami !

BEPPO (*s'inclinant*).

Excellence !

COSIMO.

Connais-tu l'Orco?

BEPPO (*jouant l'embarras*).

Moi, seigneur ! connaître l'Orco ! Oh ! je m'en garderais bien.

COSIMO.

Voyons, parle, le connais-tu?

BEPPO.

La madone m'en préserve, seigneur !

COSIMO.

Tu ne l'as jamais vu ?

BEPPO.

Jamais !

COSIMO.

Tu mens.

BEPPO.

Oh ! du moment que Votre Excellence y tient, eh bien, oui, je l'ai vu, mais de loin, de très-loin, le soir, la nuit, dans l'obscurité.

COSIMO.

Ici?

BEPPO.

Devant cette église.

COSIMO.

Et tu lui as parlé?

BEPPO.

Jamais. La madone m'en préserve!

FRANTZ.

Et pourquoi?

BEPPO *à Frantz*.

Est-il permis de le dire?

FRANTZ.

Parle, mon garçon, puisqu'on t'interroge.

COSIMO.

Je t'ordonne de répondre...

BEPPO.

Vous le voulez absolument; eh bien, soit, écoutez-moi,
mais tant pis, si j'en dis plus que vous n'en voulez entendre.
(*Au peuple qui est dans le fond*). Approchez mes amis...
(*à part*). Je vais faire enrager ce gros malotru.

ROMANCE.

1er couplet.

Il est, dans Venise la belle,
Un ange, un démon protecteur,
Quand la voix du peuple l'appelle,
Il quitte la sphère éternelle,
Et vient menacer l'oppresseur.

L'ORCO.

Il hait l'esclavage,
Et punit l'outrage,
Qu'une injuste rage,
Fait peser sur nous.
Son heure s'avance,
Il promet vengeance,
Espoir, délivrance.
Craignez son courroux.

CHOEUR.

Venise sommeille,
Mais son ange veille,
Sous le Rialto.
Le lion s'éveille
A la voix de l'Orco.

BEPPO.

2me *couplet.*

Quand l'ombre envahit nos lagunes,
L'Orco visite nos réduits,
Il hait les splendeurs importunes,
Mais pleure avec nos infortunes,
Au sein du silence des nuits.
Sous le dôme antique,
Sous le vieux portique,
Il lutte pour nous,
Et quand sa gondole
Dessus l'onde vole,
Plus de peur frivole.
Craignez son courroux.

CHOEUR.

Venise sommeille, etc.

(*Pendant cette romance,* Cosimo *fait constamment des gestes d'indigna-
tion a* Frantz *qui l'arrête et l'empêche de faire taire le chanteur*)

COSIMO.

Insolent!

BEPPO.

Excellence, vous m'avez ordonné...

COSIMO.

Téméraire.

FRANTZ.

C'est vous qui l'avez fait parler.

COSIMO.

Eh bien ! qu'il achève, s'il veut que je ferme les yeux.
(*A Beppo*). Ton Orco est un rebelle. Par ordre du gouverneur, je vais le faire arrêter cette nuit et nous verrons si le
lion du Rialto ouvrira ses ailes pour voler à son secours.

BEPPO (*s'inclinant*).

A la grâce de Votre Excellence, (*à part*). Essaie, gros sbire.

COSIMO.

Allons, capitaine, bonne chance et bonsoir, si vous avez
besoin de renfort, il y en aura près d'ici. — A demain, à l'audience du gouverneur.

(*Frantz s'incline, Cosimo sort en faisant des gestes menaçants
Beppo. Il fait déblayer la place, qui reste vide.*)

SCÈNE III.

FRANTZ, BEPPO.

FRANTZ.

Toi, reste, je veux te parler. Tu es Vénitien ?

BEPPO.

Comme le seigneur Cosimo.

FRANTZ.

Mais tu aimes ta patrie.

BEPPO.

Autant que vous la détestez.

FRANTZ.

Moi !

BEPPO.

Votre uniforme oblige.

FRANTZ.

A dissimuler peut-être. A haïr Venise, jamais.

BEPPO.

Quoi ! vous seriez un ami.

FRANNZ.

Qui es-tu toi-même ?

BEPPO.

Un citoyen d'une ville morte, qui rêve la résurrection !

FRANTZ.

Qui me répond de toi.

BEPPO.

Ma chanson et ma témérité.

FRANTZ.

Tu dis vrai ; touche-là. — Je suis Autrichien, mais je suis artiste. Je suis soldat, mais l'uniforme n'a pas étouffé mes instincts de poëte. J'aime ta noble patrie, cette glorieuse cité des rêves et de l'amour. Je connais son histoire et les moindres mystères des ses nuits.

BEPPO.

Alors, vous avez dû rencontrer...

FRANTZ.

Le masque !

BEPPO.

L'Orco.

FRANTZ.

Sans doute, et j'ai d'elle une toute autre opinion q ue toi.

BEPPO.

D'elle, dites-vous.

FRANTZ.

Sans doute ; l'Orco est une femme.

BEPPO.

Une femme, ô blasphème ! Mais comment une femme se-
rait-elle assez puissante pour déjouer ainsi toutes les pour-
suites ?

FRANTZ.

Elle a ses gardes.

BEPPO.

Qui ont eux-mêmes des cornes et une queue !...

DUO.

FRANTZ.

Quand elle erre dans la nuit sombre,
Des bras amis veillent dans l'ombre,
Et j'ai quelque soupçon,
Mon garçon,
Que vous figurez dans sa garde.

BEPPO.

De cet honneur le ciel me garde,
Car je servirais le démon.

FRANTZ.

Allons, c'est une femme.

BEPPO.

Hé ! non, c'est un génie.

FRANTZ.

Jeune et belle. Je l'aime...

BEPPO.

Oh! fuyez cet amour.

FRANTZ.

C'est une grande dame.

BEPPO.

Un démon.

FRANTZ.

Je le nie.

BEPPO.

Vous le verrez.

FRANTZ.

Je veux m'en convaincre en ce jour.

—

Je veux pénétrer ce mystère,
Qu'elle soit femme, ange ou lutin,
Dans les enfers ou sur la terre,
Je lui consacre mon destin.

BEPPO.

Craignez de braver ce mystère.
Votre bel ange est un lutin
Qui, dans l'enfer ou sur la terre,
Bravera les coups du destin.

FRANTZ.

Je lui dirai : Madame,
Tout mon cœur est à vous.
Je lui peindrai ma flamme,
En baisant ses genoux.

BEPPO.

L'enfer prendra votre âme.

FRANTZ.

Je braverai ses coups.

BEPPO.

De ce fatal délire,
Craignez d'être puni.

FRANTZ.

J'aurai soin de lui dire :
Votre nom soit béni !

BEPPO.

Dans ce péril extrême,
Qui vous protégera ?

FRANTZ.

Je lui dirai : Je t'aime.
Elle m'épargnera.

BEPPO.

Mais c'est de la démence.

FRANTZ.

Mais non, c'est de l'amour.

BEPPO.

Vous êtes mort d'avance.

FRANTZ.

Nous verrons au retour.

ENSEMBLE.

FRANTZ.	BEPPO.
Je veux pénétrer ce mys- [tère, etc.	Craignez de braver ce mys- [tère, etc.

BEPPO.

Après tout, pour un Kaiserlick, pour un Croate, pour un

2

Pandour, vous me faites l'effet d'un bon garçon, et je ne voudrais pas vous envoyer au diable. Voulez-vous accepter un conseil?

(Il lui présente son manteau et son chapeau.)

FRANTZ.

Tu appelles cela un conseil?

BEPPO.

Sans doute.

FRANTZ.

C'est un manteau.

BEPPO.

Et un chapeau. — Mais songez donc que si l'Orco voit cet habit blanc, vous êtes perdu. *(Frantz hausse les épaules.)* C'est à cause de ce maudit habit que vos camarades ont péri. Pour parler à l'ange de Venise, ne prenez pas du moins la figure de ses ennemis.

FRANTZ.

Soit, que vaut ta défroque?

BEPPO.

Moins que le galon d'or de votre bonnet.

(Il se coiffe de la casquette de Frantz, qui s'enveloppe du manteau de Beppo.)

FRANTZ.

Tu es superbe ainsi.

BEPPO.

Et vous, méconnaissable. Bonne chance. L'heure approche. Si vous survivez à la rencontre, vous trouverez chez vous le couvre-chef.

FRANTZ.

Et si je succombe?

BEPPO.

J'en fais hommage à l'Adriatique. Je ne voudrais, à aucun prix, garder chez moi la casquette d'un Kaiserlick. Adieu.

FRANTZ.

Au revoir.

BEPPO.

La madone vous garde. (*A part.*) S'il en réchappe, je brûle un cierge à saint Joseph, mon patron.

(*Il sort.*)

SCÈNE IV.

(La nuit tombe.)

FRANTZ.

L'heure fatale approche. Enfin, je vais connaître
Le mot de ce profond secret.
Un trouble inconnu me pénètre.
Bientôt, à mon œil indiscret
Le fantôme doit apparaître.
S'il allait me frapper. Si c'était le démon,
Si Beppo disait vrai. Non! non!

AIR.

C'est une femme enchanteresse
Qui dans la nuit cherche l'amour,
Une âme errante, une princesse
Qui fuit les ennuis de la cour.
Je veux contempler son visage.
Je lui dirai ma folle ardeur,
Et j'emporterai son image
Dans les doux rêves de mon cœur.

C'est une femme enchanteresse, etc.

—

Beauté cruelle,
Ange rebelle,
Mon sort m'appelle
A te chérir.
Belle inconnue,
Elle est venue,

L'heure attendue
D'un fol désir.
Tu vas paraître.
Pour te connaître,
Je vais peut-être
Braver la mort.
Je la défie,
Parais, genie,
Je t'y convie,
Règle mon sort.

(*Onze heures sonnent.*)

Onze heures! Le moment approche. Mes hommes doivent être à leur poste... (*Il va voir dans la coulisse.*) Attendons... Ciel! j'entends un bruit de rames... Plus rien... Me serais-je trompé? Non... C'est une gondole qui s'avance dans les ténèbres. Mon cœur bat. Pour la première fois, je tremble, mais ce n'est point de terreur. La voici, cachons-nous.

SCÈNE V.

FRANTZ. L'ORCO.

Une gondole s'avance dans le fond. Une femme masquée, voilée et vêtue de noir en descend. — Au moment où elle débarque, Frantz s'enveloppe dans son manteau, et se retire derrière le monument de Colleoni.

L'ORCO *s'avance et ôte son masque.*

RÉCITATIF.

Venise est belle ainsi dans la nuit solitaire.
Un souffle de bonheur baigne mon front glacé.
Tout change et tout grandit dans ce profond mystère.
Je sens se ranimer les ombres du passé.

L'infâme étranger dort et le peuple sommeille,
Oubliant le mépris qui souille ses drapeaux.
Tout repose en ces lieux. Moi, pour prier, je veille,
Demandant un sauveur au marbre des tombeaux.

FRANTZ *s'avance.*

Salut et bonheur à ceux qui aiment Venise.

L'ORCO (*remettant son masque*).

Qui es-tu ?

FRANTZ.

Je suis un amant de la beauté.

L'ORCO.

Que me veux-tu ?

FRANTZ.

T'aimer, te le dire, et te suivre au ciel ou dans l'enfer.

L'ORCO.

Aurais-tu le courage de me suivre ?

FRANTZ.

Ordonne et j'obéis.

L'ORCO.

Connais-tu ce temple ?

FRANTZ.

C'est l'église de San-Zanipolo, le Panthéon de Venise ; c'est
là que reposent ses héros dans leurs linceuls de marbre.

L'ORCO.

M'y suivras-tu ?

FRANTZ.

Encore une fois, ordonne.

2.

L'ORCO.

Regarde.

(Les portes de l'église s'ouvrent. Il en sort des flots de lumière.)

CHŒUR DANS L'ÉGLISE.

Dies iræ, dies illa
Solvet sæclum in favillà....

(Frantz recule épouvanté.)

DUO.

L'ORCO.

Tu trembles déjà, téméraire.

FRANTZ.

Non.

L'ORCO.

Ce pouvoir mystérieux,
Ces chants et ces flots de lumière
Troublent ton cœur audacieux.

FRANTZ.

Non, je ne crains pas le prestige
Dont s'entoure ici ta beauté.
Insoucieux d'un vain prodige,
J'aime en toi la réalité.

(Il lui prend la main.)

L'ORCO *(le repoussant).*

Ta folle ardeur est un blasphème,
Un outrage à mon peuple en deuil.

FRANTZ.

Est-il un peuple quand on aime?

L'ORCO.

Oserais-tu franchir ce seuil?

FRANTZ.

Je veux t'aimer et te le dire,
Le démon dût-il m'écraser.
Ma vie à toi pour un sourire,
Mon âme à toi pour un baiser.

L'ORCO.

Le bonheur, pour moi, c'est Venise,
Libre et maîtresse sur les mers.
Je vais prier Dieu pour qu'il brise
L'orgueil des tyrans et nos fers.

FRANTZ.

Si ton Dieu guérit la souffrance,
J'irai l'implorer avec toi.

L'ORCO.

Il m'a promis la délivrance.

FRANTZ.

C'est un Dieu juste.

L'ORCO.

Eh bien, suis-moi.

(Ils entrent dans l'église, qui se referme sur eux.)

CHOEUR.

Tuba mirum
Spargens sonum,
Per sepulcra
Regionum
Coget omnes
Ante tronum.

SCÈNE VI.

COSIMO ET LES SOLDATS.

CHOEUR.

Marchons avec prudence,
Sans troubler le silence.
Que ce suppôt d'enfer
Tombe sous notre fer.

COSIMO (*montrant l'église*).

Quand s'ouvrira la porte,
Saisissez-le sans peur,
Menez-le sous escorte
Devant le gouverneur.

LES SOLDATS.

Menons-le sous escorte
Devant le gouverneur.

COSIMO.

S'il court à sa gondole
Pour regagner la mer,
Pas de crainte frivole,
Sur lui croisez le fer.

*Ils se placent à gauche du théâtre. — La porte de l'église s'ouvre.
Frantz et l'Orco paraissent sur les marches du portail. La surprise
fait d'abord reculer les soldats. Ils attendent indécis.*)

L'ORCO.

Les beaux jours sont perdus.
Adieu.

FRANTZ.

Ne te verrai-je plus?

L'ORCO.

Non, laisse-moi partir. Demain, à pareille heure,
Tu me retrouveras au bal du gouverneur.

FRANTZ.

Vrai?

L'ORCO.

Je le jure.

FRANTZ.

Alors, va-t'en, et que je meure
. Si demain ne me voit triompher de ton cœur.   .

(*Elle descend et se dirige vers sa gondole.*)

COSIMO.

Alerte ! A moi, soldats ! Aux armes !

(*Il se dirige avec les soldats pour arrêter l'Orco.*)

FRANTZ, *tirant son épée, se place devant l'Orco, qui regagne sa barque sans encombre.*

Arrière ! et l'épée au côté !

COSIMO ET LE CHOEUR.

Du démon tu subis les charmes.

FRANTZ.

Non, je protége la beauté.

LE CHOEUR.

De l'enfer il subit les charmes,
Quand il protége la beauté.

(*L'Orco, à bord de la gondole, fait un geste d'adieu et s'éloigne. Les soldats restent ahuris devant Frantz, qui les empêche d'avancer.*)

(La toile tombe.)

FIN DU PREMIER ACTE.

ACTE DEUXIÈME.

—

PREMIER TABLEAU.

LE BAL.

Salons et jardins du palais Servilio, brillamment illuminés. Masques, officiers, Autrichiens, dames, tous masqués. — Dans la foule, Beppo, portant le costume du Tasse, et une guitare sous le bras.

———

SCÈNE PREMIÈRE.

MASQUES. BEPPO.

CHOEUR.

Venise est en fête,
Venise est au bal.
Narguons la conquête,
C'est le carnaval.
Que tout soit liesse,
Bonheur et plaisir,
Noyons dans l'ivresse,
Le feu du désir.
Venise est en fête, etc...

SCÈNE II.

LES MÊMES. FRANTZ.

(Il est entré pendant le chœur, et paraît chercher quelqu'un.)

RÉCITATIF.

Dans ce palais où la folie
Agite ses grelots joyeux,
Je cherche celle qui m'oublie,
L'ange qui me parlait des cieux.
En vain, j'interroge la foule,
Je ne vois qu'un désert, hélas !
Le temps finit, l'heure s'écoule,
Et ma beauté ne paraît pas.

(Frantz se perd de nouveau dans la foule.)

LE CHŒUR.

Venise est en fête,
Venise est au bal, etc...

(Frantz revient sur le devant du théâtre et rencontre Beppo.)

BEPPO *(allant à lui).*

Eh bien, capitaine.

FRANTZ *ne le reconnaît pas. Il s'incline.*

Seigneur !...

BEPPO.

Votre Excellence ne daigne pas me reconnaître. Vous êtes un ingrat.

FRANTZ.

Moi, envers vous ?

BEPPO.

Je vous ai sauvé la vie.

FRANTZ.

Quand cela ?

BEPPO.

Hier soir, c'est grâce à mon manteau, à mon chapeau que vous avez échappé aux griffes du diable.

FRANTZ.

Comment, c'est toi, l'homme à la ballade !

BEPPO.

Pour vous servir.

FRANTZ.

Et que fais-tu ici?

BEPPO.

Je fais la cour au seigneur Cosimo.

FRANTZ.

Mais qui es-tu donc?

BEPPO.

Pour le moment Torquato Tasso, le plus grand poëte de l'Italie.

FRANTZ.

Et hors de là?

BEPPO (*souriant*).

Un flâneur, peut-être un fils des doges... sans emploi.

FRANTZ.

Toujours des mystères.

BEPPO.

Oh! le mien ne vaut pas qu'on le déchiffre. Mais le vôtre? Vous avez vu le génie.

FRANTZ.

Une femme ravissante, adorable. — Elle a bien quelques singulières manies; elle se fait ouvrir les églises à minuit; quand on y entre, on les trouve brillamment éclairées. Mais je ne vois en cela rien de magique. C'est une grande dame qui sait se faire obéir par des esclaves bien dressés ! Tu la verras ce soir.

BEPPO.

A ce bal ?

FRANTZ.

Je l'attends.

BEPPO (*hochant la tête*).

Prenez garde, capitaine, prenez garde, et craignez d'être la dupe de quelque sorcellerie.

FRANTZ.

Tu crois donc à l'Orco, toi ! Tu crois sérieusement à ces contes de vieille femme ?

BEPPO (*sérieusement*).

J'y crois comme à la délivrance de ma patrie.

FRANTZ.

Allons, allons ! — Des rêves que tout cela, j'en suis pour ce que j'ai dit. Ange, femme, ou lutin, je la trouve charmante, je l'aime, et je la reverrai.

BEPPO.

Ce soir, ici, avec cet habit, je ne réponds plus de rien.

FRANTZ.

Allons, viens, grand poëte. — Faisons le tour du bal et cherchons ma beauté.

SCÈNE III.

LES MÊMES. COSIMO.

Seigneurs et dames, Son Excellence le gouverneur est ma-

5

lade, et les médecins lui ont commandé de garder ses appar-
tements. Il m'a chargé de faire les honneurs de ce bal, et vous
prie de vous divertir sans lui. (*Il fait un signe à ses valets de
lui avancer un siége, puis il s'assied*), (*A part.*) C'est assuré-
ment un grand honneur pour moi, de recevoir tous ces illus-
tres personnages en lieu et place du sérénissime gouverneur
de Venise. — Aujourd'hui c'est tout plaisir, mais demain. —
Demain il faudra donner audience, et prononcer trois dis-
cours. — Comment faire? Le gouverneur prononce les siens
en allemand. — Je parlerai l'italien et tous ces braves gens
me prendront pour l'un de leurs anciens doges. — J'ai bien
la tournure d'un Bragadino!

SCÈNE IV.

COSIMO. LE CHOEUR.

LE CHOEUR.

Venise est en fête,
Venise est au bal, etc...

COSIMO.

Allons, messieurs, place à la danse
L'orchestre a donné le signal,
La foule vers ces lieux s'avance
Trève aux chansons, voici le bal.

LE CHOEUR.

A la danse, à la danse,
Trève aux chansons,
L'heure s'avance,
Dansons, dansons.

BALLET.

CHOEUR *accompagnant le ballet.*

Mêlez vos pas, seigneurs et dames,
Arlequins, pierrettes, pierrots,
Andalouses, aux yeux de flammes,
Graves docteurs en dominos.
Princes, courez les pastourelles,
Dames, vos bras aux gondoliers,
Faites face aux polichinelles,
Que les derniers soient les premiers.
Sous le masque il n'est point de laide,
Et les plus laids sont les plus beaux.
Pan se compare à Ganymède,
Et tous les hommes sont égaux.

(*Les danses terminées, un groupe de danseurs s'avance vers Beppo,
et lui dit :*

Allons, Tasso, chante-nous sur ta lyre,
Quelque joyeux refrain de jeunesse et d'amour.

BEPPO.

Volontiers.

CHOEUR DE MASQUES.

Chante-nous Venise et son martyre.

BEPPO.

Non, la seule gaîté doit régner en ce jour.

CHANSON.

1er *Couplet.*

Sous les ombrages de Sorrente,
Au pied des orangers en fleur,
Veux-tu me suivre, mon amante?
C'est là que j'ai laissé mon cœur,
J'y veux revoir ta douce image,
Dans le miroir des flots d'azur,

Et t'abriter contre l'orage
Sous le voile d'un ciel plus pur.

LE CHOEUR.

Bravo, bravo,
Vive Tasso.

BEPPO.

2e Couplet.

Je fus malheureux à Ferrare.
A Sorrente je fus heureux.
Partons, j'emporte ma guitare
Pour aller dire un hymne aux cieux.
Regrets, pitié, mélancolie,
Tout par l'amour est oublié,
Dieu fait survivre à la folie
Les serments qui nous ont lié.

LE CHOEUR.

Bravo, bravo,
Vive Tasso !

SCÈNE V.

LES MÊMES, L'ORCO.

(Au moment où Beppo finit sa romance, l'Orco entre par le fond, tra-
verse la foule et s'approche du chanteur.)

L'ORCO.

Toi qui parles d'amour quand la patrie expire,
Toi qui portes l'habit du Tasse, sois maudit.

BEPPO (*lui donnant sa guitare*).

Si tes chants sont plus gais, la belle, prends ma lyre.
D'avance je m'incline et chacun t'applaudit.

L'ORCO.

Donne donc, et que Dieu m'inspire !

HYMNE.

C'est trop longtemps vivre sans gloire.
Peuple, cessez d'être troupeau.
Il faut oser, et la victoire
Couronnera votre drapeau.

CHOEUR.

C'est le chant des aïeux, nous le connaissons tous.
C'est le chant des combats et des nobles courroux.

L'ORCO.

Guerriers, dont la main désarmée
Languit sans force et sans courroux,
La république est opprimée.
A mes accents, réveillez-vous (1).
Le noir vautour à double tête
Planait sur nos canaux déserts ;
Mais le lion remonte au faîte,
Et d'un coup d'aile rompt vos fers.

CHOEUR DE MASQUES.

C'est le chant des aïeux, nous le connaissons tous.
C'est le chant des combats et des nobles courroux.

CHOEUR D'AUTRICHIENS.

Quelle téméraire audace,
Elle outrage l'empereur.
Cette femme, qu'on la chasse.

D'AUTRES.

Elle brave l'oppresseur.

COSIMO.

Vous qui du gouverneur venez troubler la fête,
Et jeter par vos chants la haine parmi nous.
Madame, votre nom ?

(*Il arrache à l'Orco le masque qu'elle a remis après son hymne.*)

Et vous, sur votre tête,
Si vous le connaissez, répondez, parlez tous.
Vous vous taisez !

(*A l'Orco.*)

Qui donc à ce bal, vous amène ?

(1) Extrait des *Messéniennes* de Casimir Delavigne.

FRANTZ (*s'avançant*).

C'est moi!

LE CHOEUR.

Lui!

FRANTZ.

Qui de vous l'ose trouver mauvais?
Si c'est un crime, eh bien, j'en accepte la peine.
Mais on respectera, messieurs, comme une reine,
L'étrangère que j'ai conduite en ce palais.

L'ORCO (*avec exaltation*).

Ah! quel transport m'enivre,
Dieu m'envoie un sauveur.
Oui, je me sens revivre,
Venise a son vengeur.

FRANTZ.

Je ne puis rien pour ta patrie.
A toi mon sang, ma vie à toi,
Mais l'honneur au drapeau me lie.
Venise doit lutter sans moi.

L'ORCO.

Qu'entends-je? Et cet habit?

FRANTZ.

C'est celui...

L'ORCO.

Des tyrans.

FRANTZ.

C'est le mien.

L'ORCO.

Perfidie! Ah! tu sers dans leurs rangs.
Malheur! L'enfer flamboie
Pour l'étranger qui m'a menti.
Suis-moi : le jour du châtiment a lui.
Que personne à l'Orco n'enlève ici sa proie.

(*Elle entraîne Frantz hors du bal. Les assistants les regardent s'éloigner avec stupeur.*

SCÈNE VI.

BEPPO.

Mais savez-vous quel est son sort?

COSIMO.

Parle. Quel est-il donc?

BEPPO.

La mort.

COSIMO ET LES AUTRICHIENS.

Courons sur son passage,
Courons tirer le fer.
C'est trop subir la rage
De ce suppôt d'enfer.

(Ils tirent leurs épées et sortent en courant. Beppo les accompagne.)

DEUXIÈME TABLEAU.

LE LIDO.

Le bord de la mer. Il fait nuit.

SCÈNE VII.

FRANTZ. L'ORCO.

FRANTZ.

Où me conduisez-vous ? où guidez-vous mes pas ?

L'ORCO

Je te conduis où vont les traîtres.

FRANTZ.

Mon crime quel est-il ?

L'ORCO.

Tu ne le sais donc pas ?
Ton crime est une injure au nom de mes ancêtres.

FRANTZ.

Je t'aime.

L'ORCO.

Tu m'offrais un pacte sacrilége,
Tu me parles d'amour et tu sers nos bourreaux.
Tu mourras.

FRANTZ.

J'y suis prêt, mais c'est un sortilége,
Je sais tout maintenant. Je vois de leurs tombeaux,

Mes camarades qui surgissent,
Et leurs ombres qui te maudissent.

(Une gondole brillamment illuminée passe dans le fond du théâtre).

CHŒUR.

Viens dans ma gondole,
Beau couple amoureux,
Un baiser console
Les cœurs malheureux.

L'ORCO.

Si je faiblis, il faut mourir,
Parle! c'est à toi de choisir.

—

Je suis l'Orco, je suis damnée,
Si j'aime un étranger, je meurs.
J'appartiens à la destinée,
J'entends venir les dieux vengeurs,
Fuis-moi quand tu le peux encore,
Avant que ton heure ait sonné.
Va! le ciel que pour toi j'implore,
Sur nos têtes n'a point tonné.

FRANTZ.

Oh! ne crains rien, ma bien aimée,
A deux nous braverons le sort,
Si pour nous la terre est fermée,
Cherchons le bonheur dans la mort.
Pour un regard de ta paupière,
Pour un sourire, ô ma beauté,
Roi, je te donnerais la terre,
Dieu, le ciel et l'éternité!

LE CHŒUR *(dans la coulisse)*.

Viens dans ma gondole,
Beau couple amoureux,
Un baiser console
Les cœurs malheureux.

FRANTZ.

Leur voix nous invite.

L'ORCO.

J'ai peur.

FRANTZ.

Fuyons vite.

L'ORCO.

Non !

FRANTZ.

Je mourrai seul alors.

L'ORCO.

Tu veux mourir, eh bien, je cède à mes transports.
O Venise, pardonne,
J'ai trahi mon serment,
Grâce ! l'Orco se donne,
Grâce pour son amant.

FRANTZ.

Mon cœur à toi se donne,
Ecoute mes serments,
Le ciel toujours pardonne
Au bonheur des amants.

L'ORCO.

C'en est fait !

FRANTZ.

Instant suprême !
Ma bien aimée, ô viens !

L'ORCO *avec transport.*

Je t'aime.

(*Musique lugubre. Une barque sombre apparaît portant trois hommes debout et masqués.*)

L'ORCO (*avec terreur*).

Les voilà, les démons...

FRANTZ (*tirant son épée.*)

A moi !

L'ORCO.

Peine inutile,
Tout est perdu.

LES TROIS MASQUES.

Qui vive?

L'ORCO.

Autriche!

LES TROIS MASQUES.

Aimes-tu?

L'ORCO.

J'aime!

LES TROIS MASQUES.

Sois maudit, cœur fragile!
A l'enfer sois rendu.

L'Orco disparaît dans les flammes. — Frantz tombe évanoui.

SCÈNE VIII.

COSIMO. BEPPO. LES SOLDATS. PEUPLE.

LE CHŒUR.

Victime nouvelle
Que frappe le sort!
L'Orco se révèle,
Qui le brave est mort.

FIN.